EU SOU UM UNICÓRNIO MÁGICO!
EU AMO QUANDO O VENTO
BALANÇA A MINHA CRINA!

MEU NOME É VENTANIA E VIVO NA FLORESTA.
A FADA LILI É UMA DAS MINHAS AMIGAS.
ELA ADORA DESENHAR E PINTAR.

EU TAMBÉM GOSTO DE ARTE, E ESTAR PERTO
DA NATUREZA, OUVIR OS PÁSSAROS E SENTIR
O AROMA DAS FLORES FAZ COM QUE
EU ME SINTA BEM.

QUANDO A NOITE CHEGA NA FLORESTA,
TUDO PARECE AINDA MAIS ENCANTADOR.

DURMO TRANQUILAMENTE
OUVINDO OS SONS DA NATUREZA.